장항읍

人
人 사십편시선 026

임승민 시집

장항읍

2016년 11월 21일 제1판 제1쇄 인쇄
2016년 11월 28일 제1판 제1쇄 발행

지은이   임승민
펴낸이   강봉구

편집   김윤철
디자인   bonggune
인쇄제본   (주)아이엠피

펴낸곳   작은숲출판사
등록번호   제406-2013-000081호
주소   10880 경기도 파주시 신촌로 21-30(신촌동)
전화   070-4067-8560
팩스   0505-499-8560
홈페이지   http://www.작은숲.net
이메일   littlef2010@daum.net

ⓒ 임승민

ISBN 979-11-6035-006-7 03810
값은 뒤표지에 있습니다.

※이 책은 저작권법에 따라 보호받는 저작물이므로 무단 전재와 무단 복제를 금합니다.
※이 책의 전부 또는 일부를 이용하려면 반드시 저작권자와 '작은숲출판사'의 동의를 받아야
  합니다.

장항읍

임승민 시집

작은숲

| 시인의 말 |

잊을 수 있어 좋았다.
움큼 내려놓으면 나무들이 서서히 몸을 흔들었다.
곁에 수국도 까치도 있었다.

시에 마음을 담기는 했을까.
도움 주신 분들이 아름답다.

비와 바람에도 심정이 있어 내리고 흩어지는 모습이 늘 다름을
깨닫는 중이다.
앎이 멀다.

2016년 가을, 임승민

| 차례 |

제1부

제3부

제1부

흔들리는 미어캣

압도적인 주시와 무시 끝 새롭게 시작된 무연의 인연으로
목덜미를 물어뜯는 비열함은 웃음이 감춘 저의의 무차별
적 가학이다 우리는 믿음이 끌고 올 이 허망한 결과를 차
단하기 위해 직립으로 고개를 돌려 존재의 이름들을 증오
해야하며 오직 후회하지 않을 일에만 몰두해야한다 관계
는 왼발을 내디딜 보도블록의 급경사와 같아서 방심의 대
가는 더 이상 직립이 불가능하리만큼 정강이를 내어주는
것이다 그러므로

나는 경계한다
이름들의 두 눈을
내 허름한 눈빛을
바람에 섞여오는 존재들의 냄새와
졸음을 못 이기는 이완을
우리가 따위를

쉰다섯은 이렇게 간다

철쭉은 어쩌자고
누워서도 만개하는지
가진 게 없어 미안했다
나비가 바람에 살짝 밀렸고
난 쭈뼛거렸지만
꽃잎이 예뻐서 태연한 척 했다

죽음의 목적

그런가요
갈치대가리를 물고 나자빠진
저문 갈매기 뒤뚱 걸음 걸음 같은가요
죽음의 맥락을 짚어보는 내 눈빛이
뚜벅뚜벅
젖은 바닥의 물기를 괴사시키는 그러니까
나무 그늘의 청량함까지 말아먹는
안일의 흥정 같은가요
그럴 거예요
정욕을 덥석 물고 누워 발목을 흔들면
속 빈 부처의 배꼽처럼 저녁이 편안했어요
언뜻 봐도
거룩했던 맨살과 덜 거룩했던 생각이
시름시름 순조롭게 썩어가요
스스럼없이 쏟아지는 절충의 연골들을 골라내며
이제 입술 귀퉁이를 쭈욱 찢어

치매의 기능을 추가해야겠다고 생각했어요
해탈은 방파제 저편에 있고
그런 건 부처나 흘리는 거예요
하나도 안 부끄러운 듯 손금에 대고
눈짓 몇 번 흘리면 됐죠
안 그런가요

이러하다

노루귀가 그렇다
오랜 궁리 끝

긍정의 질량으로 쫑긋 기교를 세워
세상과 다투지 않는 높이
아기동자의 가지런한 발가락을 들여다보듯
아주 유쾌한 높이에서
꽃잎 몇 알 우두둑 떼어 계절을 바꾼다

그러고는 쓱
하현달을 도반으로 끌어
바람 셋 바다 다섯의 도도한 운행을 울력하는데

울력해서 물떼새는 높이 뜨는 거고
꽃비는 날리는 거고
융숭하게도

우리는 목숨을 다투지 않는 거다

달고나에 대한 순수기억

밥을 물에 말면 벌레들이 하얗게 떴다 했다

순천만 허기진 울음으로 떠오르는 괭이갈매기들 기억을
해감하듯 어스름 밖으로 하나씩 튕겨나가면 옛 구로공단
개천 물빛인 양 순천만은 흑백의 경계에서 덜컹거린다 서
슴없던 바람은 갔다 갯골을 집착하는 생눈길만 눈꺼풀에
달라붙어 뜨겁게 진지할 것도 가벼울 것도 없는 과거와의
무연을 깊이 묵념한다

내 속으로 더 깊이 펄 속으로 집게발을 쑤셔 넣고 경쟁력
있는 낭만을 등딱지 위에 얹는 오늘의 우월함을 위하여 눈
은 내려 쌓이는 걸까

먼 바다를 건너와도 어슬렁거릴 일밖에 없는 물새처럼 쿡
쿡 펄을 찍어 눈을 치우고 한 공기 밥물에 의탁했던 허기
진 울음들을 주워 담는다

18

망각으로 덜컹거리는 순천만 끝 칸 흑백의 상념으로 달리는 속력을 거스르면 이제는 목례할 것투성이인 펄들 무거운 물길들 앞에서 공단 굴뚝 흩어지는 분진 아래 바짝 엎어진 달을 찍어 눌러 별을 빼내던 낡은 궤짝 철판 옆 무릎 쭈그린 세월들 앞에서

하얼빈

그녀의 눈빛을 보았다
쑹화 강 부드럽게 흩어지는 바람

바람은 낮을 건너와
숨어 새벽을 기다렸다가
술자리 뒤에서 땅콩 접시를 툭 치고는
한 발 떨어진 자리에서 내 입술을 움켜쥐었다

줄어드는 흑맥주와
유난히 반짝이는 그녀의 눈빛과
분실한 휴대폰을 들고 세 번이나 호텔로 찾아온
택시 기사의 지친 이마 주름과
어둠이 있으라 기억이 명한 자리
이런 것들을 펼쳐놓고
쑹화 강이 시간을 물었다

그랬을까
내가 삶이나 바람을 사랑했을까
두 귀가 허전해
차갑게 핀 제비쑥과
알지 못하는 것부터 사랑하기로 했다

당고개행

설 아침 얼굴들은 소멸을 향해 달린다
주머니 속 설 상품권 몇 장으로 기억되다
부시시 배꼽 꺼질 이름들
이 역은 존재들의 배꼽입니다
종점을 알리는 안내 방송을 듣고
사라진 고개를 확인한 후 느린 하품을 거둔다
눈곱을 떼듯
응달 길 얼음 위를 종종 걸어 건널 때
지난 것들과 올 것들의 그늘을 깨닫게 되지만
이 슬픈 것들의 이름 구실은
열 량 지하철 칸을 잇는 고리 고리만큼 길어
위 위 기억을 끌어당길 뿐이다
아버지가 그러했을 것이다
허름한 이름을 치우고 새로운 역을 얹으며
부르튼 입술로 후후 불었을 발바닥에는
소멸의 이력이 내려앉아 쌓이고 사라지고 쌓이고

물을 마시며 짧게 허 내뱉었을 웃음
닳아터진 웃음으로 우리들을 껴안다가 홀로
깜빡이며 사라졌을 것이다
존재들의 배꼽이 부시시 꺼질 때
설 아침은 오고
모여앉아 드문드문 기억이 소멸되고
거짓말처럼 흔적 위에 나물 몇 점을 얹는다

비둘기는 아침에 죽었다

그래 이렇게 끝내는 거다
마른 잎에 머리 얹고
풀리는 다리 몇 번 떠는 거다
차갑게 튀어 오르던 병 조각과
터진 핏줄 뒤엉켜 굳은 혈연의 날개
그 사나운 기억 아래
모든 순간을 지우며
두 눈으로는 구더기를 발효시키는 거다
인연은 뜯어버리고
찬밥 움켜쥐고 오이지 찍어 물고
혀에 얹힌 동전보다 가벼운
이승과의 날갯짓이 아슬아슬 밀릴 때
의무를 선회하던 미련 버리고
지겨운 바람에 혼자 흔들리는 거다
이제 아침이 바쁜 몸짓으로 뛰쳐나와
두개골을 뚫어주길

미소를 입가에 흘렸으므로
짧게 생을 긍정한 거다

황태 덕장

부릅뜬 황태들은 침묵이 된다
수평으로 바다를 건너 눈이 많은 날
수직으로 치솟기 위해
꼬리까지 근육으로 저항의 자세를 만든다
볼이 패도록 유선형으로 완성한 몸집이
노랗게 바래가는 시간

한낮 눈보라를 응시하다 일제히
황태들은 몸을 뒤집고 꼬리를 세워
탄착의 저항을 시작한다

팽팽한 파열음을 물고
목을 비틀며 당기며
중력을 내뱉는 거친 숨결 사이로
바람이 몸서리치다 계곡으로 빠져나가고
눈보라가 그쳐 황태들의 부릅뜬 눈이

점점으로 희미하게 닫히는 저녁

수직으로 몸이 굳은 숱한 군상들이
외마디 턱을 마주 꿴 이승의 끈에 묶인 채
덕장 겨울을 하얗게 헐떡이고 있다

가는동자꽃

성내역을 나서며 받은 달걀이
네 가는 뇌혈관처럼 터져 금이 갔다
길섶 성내천 물비늘로 반짝거리는
너의 갸름한 얼굴을 벗기면
가는동자꽃 새빨간 장기들
떼어낸 자리 자리마다
부활절 노른자가 눈을 뜬다
손끝에서 부서지는 이름이 흘러
샛강으로 뿌려질 앳된 얼굴이 흘러
가는동자꽃 받아든 그들
아랫눈시울 방울 웃음에서 멈출 때
너도 턱 괴고 환하게 웃고 있을까

배웅

꽃잎도 바람이 틀어쥐면
한 번은 설레는 걸까

낯빛을 거두어 하늘 귀퉁이에 얹고
흘깃 거짓 없이 가는 너의 좁은 뒤를
제 목 던지고 하얗게
죽음으로 망명하는 꽃잎들

깊은 곳 복성재

어차피 여울목으로 쓸려갈 미투리였다

싸라기눈들이 상투 끝 숙취를 훑고
얕은 이엉을 헤집을 때마다
소매 끝 뭍의 흔적은 비벼 털었을까
귀상어며 청어며 아귀 주둥이를 살피던 눈과
물속을 천착한 어보 갈피끈에서
뭍 냄새는 오르지 않았을까
가래를 올려 물살 뒤로 세게 뱉는다든지
코흘리개들 앞에서 맥을 푼다든지
뒤적이던 비늘만큼 뜯겨나간 생각들이
툇마루 어슬렁거리는 겨울 비린내에 갇혀
결국 흰 눈썹처럼 불거지는 광기가
가장 두려웠을 것이다
하면
두 아들과 안식구는

마른 붓을 집어던지고
섬 추위와 갈증에 닫혀 생목을 올리며
다시 마을 짠 우물 맛을 들이켜는 심정은 또

보정산방

기장밥과 아욱국
아침을 물린 입 안에
바다 하얗게 흔들리니

햇살 얹혀가는 그 물빛 끝에서
댓잎이 파르르
바람을 세워

미간

소낙비 그치고 황악산
윤슬 윤슬 주워 담는 수기설법
능여계곡 주둥이를 틀어쥐니
정정한 돌도 물도 직지사도 주저앉아
비로전 여우비
기와 몇 장 튕겨내고
흔한 입 내밀고 끄덕이는 귓등들 겨냥해
척
눈 깔고 입 꼬리 올리고
웃고 있지 않은가

꽃

선운사 이른 봄 바람난 동백꽃들은
아기 동백 곤히 잠든 눈을 피해
대웅전 기왓골로 미끄럼 타고 후두두
배롱나무에 빨갛게 한여름을 숨어 있어
초가을 절 마당 잎 그늘을 가로지르다
뒷산 어린 것들 울음 망울 터트리는 소리에
꽃무릇 줄기에 올라 열손가락 치켜들고
오래 뒤돌아보다 해거름 속눈썹 빨갛게
들먹들먹 그 자리에 멈추어들 섰다

제2부

장항읍

1983년식 흐린 알전구 등 아래에서
올려다볼 것이라곤 제련소 굴뚝뿐이었다
개흙 속 펄 짱뚱어만 튀던 읍
돌이키면 선착장 눅눅한 바람 속
폐선 위 웅크린 갈매기들이
치켜든 손가락을 향해 몰려들었지만
손가락이 게워낸 흔적들을 찍어 삼키고는
이내 허공에서 멈춰 돌아섰다
말린 박대들만 읍에 주저앉아 말벗을 청했다
처음 본 청보리밭의 너울거림이
읍 비바람만큼 비리다고 중얼거리면
버짐이 앉은 학생들은 날 신기해했고
역 앞 공터에는 본드 봉지가 뒹굴었다
저녁 둑방 잔새우들만큼 마른 삶들이
하루를 감아 등 휘어지던 곳
생선 몇 마리 배를 가르던 늙은이들과

하구 펄을 넘는 바람은
어김없이 구름 갈매기로 팅겨나갔다
하숙집 무기력한 마루와 대문 앞에서 난
색싯집 화려한 간판보다 홀로 사치스러웠다
골목 진창길에 내리꽂던 삿대질과
배추뿌리만한 허영을 잘라내기 위해
뱃속 개흙들을 또 얼마나 게워내야 했는지
눈밭을 기던 외진 항구 뒤에서

순라길

허투루도 곰팡스럽게도 삭지 않은
홍어를 먹는다
싸하게 올라오는 친구들의 몇 마디에서
곰삭은 생각만큼 깊은 냄새를 맡으며
묵은 김치를 싸서 가만가만 맛을 느낀다
홍어 맛을 놓지 않는 순라길 주인도
미소로 삼키는 마음을 읽는 친구들도
애를 듬뿍 넣어 얼큰한 홍어탕 뚝배기 속에서
서로를 내어주며 그윽하게 우러나고
홍어 연분홍빛 한 점을 씹는 사이사이
이어 이어온 지난날들을 끊어내 들려주며
잘 삭힌 맛을 몸으로 나눈다
막걸리와 섞여 몸 안에서 배어나오는
오래 삭은 다짐이 묵직하게 목으로 넘어와
잠깐씩 숨을 고르고
홍어 코처럼 질기게 되새기며

가슴에 묻고 온 나누고자 했던 삶들을
홍어탕으로나 시원하게 푼다
서걱거리다 녹아 풀어지면 비릿한 애마저도
한결같다는 것이 쉬운 일은 아니다
쉰 넘어서도 삭히고 삭혀야 할 삶들이
더 삭힌 맛을 찾게 된다는 홍어가 되어
냄새 은은하게 퍼지는 저녁 빛 아래로 나서
왼편 높게 늘어서 막혀있는 종묘 담과
오른편 개발을 허용하지 않는 허름한 집들
사이로 손댈 수 없이 나란히 놓인
익숙한 이 땅의 모습
순라길을 함께 걸으며
눈주름 잔잔한 웃음 나누는 틈으로
제대로 삭혀야 나오는 홍어 맛을 곱쳐 생각한다

달력

이틀이 늦은 달력을 넘긴다
수차에 끌리듯 딸려온 바닷물 또 한 달이
염전 증발지 바닥 모양 칸칸이 나뉘어있다
촘촘히 적은 글자들을 긁어
하루하루 고무래질로 밀면
햇볕에 말리며 흰 칸으로 지워나가면
소금이 오는 결정지가 되리라
기대 안에서 설렘은 무성한 함초로 자라지만
지나고 보면 늘 염전 저수지일 뿐이었다

달마다 편리한 기억들만 걸러내
삭지 않도록 짠 물에 깊숙이 담그고
수차를 밟아 끊임없이 바닷물을 퍼 올리는
어색한 몸 균형 속에서
소금을 꺼리는 발목은 증발지도 못 되었다
하면서도 결정지를 입에 담아 하루를 보내고

돌아와 뉴스 앞에서 졸면
생활은 내리뻗은 발끝에서 저물어
하품 뒤로 한 장 한 장 어둡게 넘어가는데
졸다가 감긴 눈 속에서나
수북하게 흰 소금은 겨우 오는 것이다

오십

손등으로 줄곧 눈 밑을 닦던 그가
어머니를 가끔씩 찾아달라고 했다
우리는 고개를 끄덕이며 잔을 마주쳤고
한쪽으로만 씹는 모습을 보며
어머니보다는 그의 어금니를 더 걱정했다
방 둘 다세대 전세까지 몰린 실패와
어렵게 얻은 영주권과
속성으로 배운 일식을 들으며
말이 끊어질 때마다 몇 번 건배를 했다
다시 환란을 걱정하는 뉴스와
줄일 수 없는 자식들 교육비와
이 땅의 쓸쓸한 실직
견뎌내야 할 삶의 의미들을 이야기하다
그가 고개를 숙이고 흐리게
어머니와 마지막 밤을 보내야 한다고 했다
막잔을 나누고 일어서며

네 식구를 들고 떠나야 하는 그의 빈 주머니에
형편대로 모은 돈을 찔렀다
울컥 가느다란 손목으로 얼굴을 가린 채
들먹이는 모습에 우리는
오십의 그 무거운 어깨를 안아 말없이
길게 번갈아 등을 두드렸다

환승

그렇지 않다
상식과 집합의 무능이 집어던진
변방의 차가운 깔판 위

비정규의 등은 저렇게
밤바다 집어등으로 쿨럭거리는 거다
우리들이 무심코 흔들었던
이 홉 들이 소주병 속 병목의 거품으로
숨 한 번 비틀면
쿨럭 하루를 건너는 유예가 되어
오늘 끝 현관 저녁

의심 없이 허리로 파고드는
정수리들의 단순한 지느러미를 보며
그 두려움만이 정규임을
확인하는

어제 조금 아래 오늘

눈금 글피

우리들의 남루함은 여기에 있다
낡은 어금니와 가난이 담대하게 밀착된
골목

휘어져 굽은 등과 허리 틈만큼
남은 날들을 끈으로 묶어
모레 어귀를 오르면
잠시 웅크리고 앉았다
폐지에 끌려 다시 내려가야 할 언덕 아래로
희뿌옇게 가라앉는 글피

편육보다 얇은 새벽 걸음을 뜯어
천원 몇 장 삶의 무게
저울에 얹고
우리들의 남루한 눈금을 흔드는

뭉툭한 끼니의 골목
여기

떴다방

충북 제천 청풍리조트 컨벤션 홀에
사교육 없는 학교 만들기를 분양받기 위해
서울 고딩 방과후 부장들이 우르르 떴다
어떤 학교가 한가해서 사교육을 하겠냐마는
그래서 분양 주제가 수상했지만
시범사례를 듣고 분임별 정보를 교환하고
돌아가 고딩들에게 앞다퉈 분양해야 할
사교육 없는 학교 만들기 우발적 사명을 위해
떴다 방과후들이 진지하게 머리를 맞댔다
솔직히는 진지하게 술잔 머리를 맞댔다
선생 질병이 학생 학부모 만족을 선도한다고
순식간에 결론을 내리고
고딩 선생들의 목숨을 건지기 위해
이 땅의 사교육만은 영원해야 한다며
원샷으로 깔끔하게 마무리했다
사교육 있는 학교 만들기 비밀을 다짐하고

새벽에 누웠으나 몸에 익은 공오시 삼십분
떴다 방과후들이 재빨리 아침을 먹어치운 후
분양거리를 챙겨들고 짐을 싸기 시작했다
지난 밤 결의한 기밀을 가슴에 품고
교육청과 사교육기관의 지속적인 단속을 피해
수백 명의 떴다방들은 신속하게 철수했다

농어를 먹다

질펀한 시장이었다
네가 타닥타닥 꼬리를 흔들어
물을 튕기지 않았다면
동그란 네 눈알을 보지 않았다면
너를 고르지 않았을 것이다
우연이었다
너를 던지듯 도마에 뉘어놓고
몸을 벗겨 가르며 천천히
살 냄새를 듬뿍 맡고는
주둥이를 내밀고 헐떡거리는
머리를 잠시 쓸어내린다
내 혀와 배설을 위해
탱탱하게 물이 오른 살을
질리도록 헤집고 뒤집고 씹으며
탕으로 깨끗이 마무리한 뒤
쫀득하군 좋았어

뒤척이는 아가미에 대고 속삭인다
네 흔적을 가볍게 물로 헹군 후
다시 우연을 시작한다
뒤꿈치를 살짝 들고
타닥타닥 물 꼬리를 튕겨줄
쫀득한 눈알을 찾아

물회, 안티테제마이신

미시령 은하수로 오줌발을 세우자
여름은 가진항 물회 속에서 허우적거렸다
옛 백담산장 친구 유적지를 탐방하며
오래 전 인연에 침을 튀는 친구에게
우린 히죽 개까라마이신을 날렸다
도대체 이 개판에 근접한 욕은
머리 하얗게 구겨진 오래된 좌파 것들의
모든 추억을 향해 날아갔는데 가령
물회 속 해삼을 신념 건지듯 한다고도 날려
우린 개판에 떨며 추억을 경계했다
추억은 없다 실존이다 은하수가 그렇다
되는대로 질러대는 비문들을
물회 마시듯 주워 삼키고 나면 어느새
신념은 배앓이 설사로 빠져나가고 빈속에
정권도 바꾸고 일부다처국가도 창설하고
외계인과 연애하는 것 빼고는 다 이루어

교장명퇴 기념여행을 그야말로
개까라마이신으로 만들고서야 흐뭇해졌다
제멋대로 구겨져 앉은 방구석에서는
여름과 은하수는 그만 집어 던지고
물회도 이 지경인데 복회는 오죽하겠냐며
복회 먹기 여행을 두서없이 내질러도
하모 하모 합체 오케이들을 너덜거렸다
낡은 좌파 요것들을 또 뭘로 놀려먹을까
진지함이라고는 개까라마이신
히죽대는 속셈들만 가열차게 발사하며

갈곶리 거제

여기도 어둠이어서 물 끝은 멀다
물비린내로 가라앉는 하루

헌 소매 끝에서 닳는 생이
아무 것도 아니어서
바다는 저문 해역의 궤적을 지우고
거가대교 긴 불빛을 지우고 돌아앉는다
저녁의 생계를 어루만지는 손에서는
뒤축이 닳아 떨어지고
밥상 위
가지런한 수저와 잦아드는 눈빛들이
가장의 뒤꿈치를 따라
끼니를 조정하는 침묵을 연습할 때

웅크린 어깨와
몇 줌의 빗방울과 몇 줌의 해고가

아무 것도 아니어서
거제는 물살 아래 하루를 흔들다
현관과 생계 위에 검은 그물을 던져놓는다
이 촘촘한 해고가
정말 아무 것도 아니어서

생이 갈곳리 기슭 먼 물 끝을 향해
빈손을 비벼 털고
해역의 궤적으로 돌아앉을 때

빛난 얼 독구

그해 가을은 재넘이가 심했다 독구는 바람에 밀려 간간
이 짖었지만 일요일 아침 여섯 시는 허공에 박혀 있어 새
마을 구령에 빗질 소제를 마치면 낙엽들은 고성 귀앓이를
끝내고 쏟아졌다 지겨움이 달력을 구겨 쥔 변소와 같았다

재넘이가 공장굴뚝과 집장사의 번성으로 쥐꼬리 숙제 성
냥갑 속에 갇히자 영애 박근혜 누나가 점점 예뻐졌다 누나
를 위해 국민교육헌장을 12월 5일 대통령 박정희 뒤에 각
하까지 붙여 털실 쫄쫄이바지 새는 바람만큼 외웠다

송충이와 무장공비가 끊임없이 출몰했지만 국민교육헌
장 책받침이 닳고서야 나의 발전의 근본과 나라의 융성
을 깨달았다 몽당연필과 시월 유신이 시급했다 멸사봉공
의 미신타파와 군관민 새마을 문턱이 자랑스러워서 누나
를 우러렀다

결국 분식의 날 국수 늘어지듯 흘러내리는 검정 고무줄을 바싹 추켜올리고는 무장공비 잘 지키라고 독구를 발로 찼다

누나와 조국을 지키기 위해 우뚝 꼬리 세운 독구 밥그릇을 세숫대야로 바꿨다 뱃구레를 키웠는데 누나의 앞길 새 누리 조국은 정말 독구 새끼뿐이었다

망통

그래 가을 하늘은 공활하다
몰살의 바다 끝
노랗게 묶인 망통수열 앞에서도 공활해서
낙장불입 공화국이 목구멍에서 뜨겁다
군용담요 위에서나 가지런한 조국애 패가
싸구려 감자탕 마른 뼈다귀같이
잇몸을 찌르고 수열로 쌓여
너희들도 우리들도 그 조합도 몽땅 가라앉고
망통 쥔 패를 던지면 다시 공활한 가을 하늘
그래 남산 위에 저 소나무 일광 솔은
정말로 철갑을 둘러
2절 3절 4절 개천절 지나도록
공활하게 공활하게
우리들의 입모양을 장악해간다

팽목

이제
너와 나의 경계가
아름다워야 할 이유는 없다

두 눈 먼저 찌르고
빗방울이 닿기 전
모든 꽃들은
제 목을 날려버려야 한다

내 정직한 원더 걸스

원더 걸스가 사라졌다
국민 동생 원더 걸스가 사라졌다
관심과 변심의 순발력에 꽂혀
한입 베물어 먹고 휙 던져버린 꼬치 떡볶이
그렇게 되어버렸다
그랬어야 했다
생쥐라도 한 마리씩 물고 춤을 춰야 했다
두려움에 얼마간 더 열광했을 것이다
아니면 국민 동생이란 사람 내를 거부하고
오빠나핫걸로 불러 달래야 했다
달콤하게 착 감겨 수십 년을 우려먹다가
가요 무대에 서는 날
슬쩍 국민 동생으로 바꿔야 했다
그랬어야 했다
현란한 군것들은 공격적으로 달달하고 있고
관중들은 뽀얀 허벅지에 맛이 갔는데

내 정직한 원더 걸스 걸스는
텔미 텔미 하소연하다
어머나 하고
소비됐다

* 노무현 대통령이 봉하 마을로 갔다.

열흘

열흘 꽃망울을 연 자목련도
빗물이 물어 열 손톱으로 뜯겨 떨어지면
어깨를 스치며 흔들리는 것이다
머무르는 것은 없다
기억만 틈으로 남아
자목련 자줏빛 끝 하얀 속을
슬픔으로 씻어 어깨에 얹는 것으로
돌이킬수록 지금을 밟고
흔들면 그저 그때마다 그리움인 것이다

* 노무현 대통령이 떠났다.

제3부

서거리깍두기

초등학교 졸업장까지 곱게 임승민이었다
이을 승 백성 민이 중학교 입학을 앞두고 번쩍
빛날 형 바꿀 태로 바뀌어 버렸다
돌림자도 사라져 영문도 모르고
본적지 잘못을 따라 임형태를 외었다
마흔을 살다가
호적 전산화 하던 해 다시 번쩍
빛날 동 바꿀 태로 바뀐 호적 확인서를 받아들었다
동태 동태 동태
낄낄거리는 아들을 마주하고
서거리깍두기 속 발음도 비슷한 명태 아가미 뒤섞이듯
임승민인 임형태가 임동태를 들여다보다가
본적지가 엉성한 한자로 얹어준 이름과
구청이 오독으로 얹어준 이름을 들여다보다가
무와 명태 아가미가 짓물러 군내 나는 맛으로 엇섞인
별의별 일들이 기가 차 개명신청을 하고

그것도 임승민은 찾지도 못하고
번쩍 없힌 이름으로 허가를 받았다
임동태로 태어났으나 임형태로 개명했다는
기가 막힌 호적을 만지작거리다
계속 낄낄거리는 아들을 앉혀놓고
삶의 우연성과 폭력성을 힘들게 힘들게 설명하는데
승민아 형태야 동태야 명태야
장난을 걸어오는 눈웃음 네 마디에
비로소 서거리깍두기 별미로 섞여 안고 뒹굴며
자지러지게 웃고 말았다

즐거운 나의 집

그해 내 욕지거리는 찬란했다

입술이 스멀거리는 날이면 여지없이 눈을 뒤집고 땅바닥
에 꽂혀 성대 물린 개처럼 컥컥 간질을 시작했다 쌍욕을
날리고 싶었지만 구더기만 잔뜩 물고 나자빠져 즐거운 곳
에서는 홍얼거리던 봄도 기억 한나절이 잘려나가고 어둑
한 병원 침대에 몸통이 붙었다 맥없이 침만 흘리다가 난
굳게 다짐했다 반드시 쌍욕을 날리며 자빠지리라

열두 살 대가리 기발한 난 간질을 통제하고 욕지거리에 몰
두했다 비밀리에 하나를 완성해냈고 드디어 입술이 스멀
거리는 날 재빨리 씹어 날렸다 씨발 즐거운 것들

찬란했다 난

그로부터 세상 모든 즐거운 것들을 향하여 컥컥 신랄하게

발작해 주었다

개구리참외

아들은 어미젖을 먹어보지 못했다
녀석이 입술을 오물거릴 때면
새끼손가락을 입에 넣어주곤 했는데
어미젖인 양 빨며 곤히 자는 모습에서
늘 빈 젖가슴을 내어주시던
외할머니의 따뜻한 품이 떠올랐다
녀석이 초등학교 때 강아지를 졸라
작은 시추 냇물이가 왔다
어미젖이 그리웠는지 이 녀석도
책상 밑에서 입술을 오물거리기에
새끼손가락을 주었더니 빨며 잠이 들었고
곁을 떠나지 않아 가족이 되었다
이듬해 외할머니가 오랜 치매 끝에 누우셨다
작아진 몸으로 기저귀를 차고 웅크려
몇 달 이불 속에서 엄지손가락을 빨다
자애로웠던 외할머니는 돌아가셨다

그때 작아진 외할머니를 가슴에 안고
오물거리는 주름진 입술에
새끼손가락을 넣어드리지 못했던 것을
늦도록 늦도록 내리사랑에
좋아하시던 개구리참외 속을 묻힌
새끼손가락 하나 넣어드리지 못했던 것을
걷다가도 문득 문득 빈 가슴이 되어
한참을 머뭇거리고 있다

봄 틀니 수제비

작정하고 물어뜯은 흔적이다
목련 가지를 비스듬히 물더니
봄도 앓니만 생으로 뽑힌 채 물러갔다
숨 얇은 목련 아래 외할머니는
하얀 꽃 아흔 송이를 물고 누웠다
누워 가끔씩 틀니 밖으로 불어 날리면
기억을 흔들고 천장에 수북이 쌓였다

해방되고 집에 숨겨준 일본인 내외
어린 딸 데리고 잘 갔을까
예 잘 갔을 거예요
댁도 그 집 딸 봤수

목련은 늘 수제비로 떠올랐다
아흔 송이 입가로 흐르는 수제비
입술에서 흔들리는 하얀 꽃을 주워들면

가지런히 얹힌 틀니도 죽을 준비를 했다

그 딸도 맞아 죽었을 거야
수제비 한 숟갈 더 드세요

틀니가 기억 끝에서 삐걱거렸다
목련이 얕은 숨을 헐떡거렸다
아주 작정들을 했다

언 두부

벌겋게 스러지는 연탄을 갈아 넣었다
한나절이 식은 재를 들어내고
구멍을 맞추는 집게로 시선들이 모였지만
굳게 닫힌 철문 옆 대기실은
연탄 두 장의 난로로는 너무 추웠다
덮개가 달아오를 때까지 또 한참을
철문을 후려치는 바람만 바라보고 있었다
휑한 벌판 저런 바람만큼이나 높이 엱힌 가시철망들과
담벼락에 웅크린 행상아줌마의 까맣게 튼 손과
면회실 둥근 원으로 뚫린 작은 구멍들 사이
잘있다 다신 오지마라
세 마디로 돌아서던 아버지의 옆모습 뒤로
가끔씩 철문이 열리면
대기실 희미한 유리창 밖에서는
눈길이 마주치면 서둘러 외면했던
기다림의 일행들이 시간과 함께 흩어지고

난로의 온기를 몰아 벌판으로 빠져나가는 저녁이
밤과 추위와 침묵만 남겨 놓은 채
대기실을 다시 기다림으로 채울 즈음
퀭한 눈으로 철문을 나설 아버지의
허연 턱수염이 이 밤눈과 잘 어울릴 것이라 생각하며
저렇게 흔들리는 가지는 눈조차 쌓지 못함을 깨달으며
가시철망 너머에서 저 가지처럼
가는 다리로 펄럭거리고 있을 아버지의
언 두부를 들고
휘몰아치다 흩어져버리는 눈들도 이제는
이 어둠 안으로 내려 쌓이기를 지켜보고 있었다

숟가락

아마 감기였을 것이다
아버지 호통에 겨우 아침상에 앉았으나
젓가락으로 밥알을 넘기다
호된 따귀를 맞았다
밥은 숟가락으로 떠야 했는데

일곱 살을 지나고 이학년 여름
정해 준 등수에
하나가 모자란 성적표를 받던 날
창고에 쪼그리고 숨었다
땀범벅이 되어 밤늦게 무릎 꿇고 받은
저녁상에서 아버지는 숟가락을 가리켰다

아버지를 처음 우연히 마주친 곳은
고등학교 하굣길 버스 안이었다
다가가자 희끗한 머리를 창밖으로 돌렸고

내려서도 그렇게 집까지 걸었다
구부정한 뒤를 따르며 이제는
자식이 서먹한 아버지를 보았다

그날 이후 숟가락과 젓가락을
뚜렷이 가려 쓰는 나를 아버지는 몰랐다
손자 입에 숟가락을 떠주며 웃다가
서먹하게 일찍
톡 톡 톡 젓가락 세 번 옮기고
숟가락으로 꽂힌 아버지는 몰랐다

새벽

문이 닫혔다
자정을 넘은 공항 복도 유리창 밖
열 달 만에 훌쩍 커버린 아들은
활주로 긴 유도등을 따라 눈가루로 흩어지고
편지를 읽으며 눈시울을 붉히는 남자와
비스듬히 새벽에 기대앉은 몇이
저마다의 사연으로 몇 번 눈을 마주쳤다
아들의 눈매는 선했다
눈에서 멀수록 뚜렷한 글자가 되어버린 아들을
멀리 떠나보내던 날 저녁
고즈넉하게 붉었던 하늘빛만큼이나
차창을 타고 흐르던 빗방울과
혼자 먹던 식탁이 떠올랐다
이곳 시차를 못 잡고 깨어있던 보름 밤들을
팔짱을 낀 채 길게 서성이던 모습으로
늦어지는 탑승을 기다리며

웃음도 편지도 접힌 낯선 공항에서
이제는 돌아가 찬바람 속 첫 공항버스를 기다려
한강 짙푸른 새벽빛을 따라가야 할
아파트 냉기 속에서 풀어야 할
짐 가방을 바라보며
애써 찾은 싼 비행기 표를 쥐고 있는 손끝으로
이어나가야 할 새벽들을 가늠하고 있다

일상

면회 종료를 알리는 벨이 울렸다
막내는 짧게 웃고 교도관을 따라 들어가고
좁고 긴 복도를 나서면
속내와 눈빛을 감춘 사람들이
어깨를 피하며 침묵으로 걸음을 옮겼다
먼지에 포개져 있는 낡은 의자들을 지날 때
그런저런 대화들로 입을 열기 시작했다
약간의 눈물이 있던 대기실에는
전광판에 떴다 사라지는 이름들을 확인하며
차례를 기다리는 몇 마디 잡담과
온풍기 텁텁한 바람에 말라가는 기다림 속
창 밖 언 땅을 파는 인부들의 거친 숨소리와
그들이 피운 드럼통 불 속에서
툭 툭 일상이 끊어지는 소리가 흘렀다
막내는 라면이 먹고 싶다고 웃었다
사식 접수창구 앞에 보름을 넘게 늘어서 있는

도시 속 영등포 구치소의 오후
범법과 일상이 뒤섞여 판단을 영치한 채
새떼들이 흘린 빈 가지에서 묻어나
유리창으로 스머드는 늦은 겨울의 추위를
무심하게 바라보는 삶의 한 때가
면회실 사소한 대화를 적던 교도관의 일지 속으로
차곡차곡 정리되고 있었다

눈

일흔 다섯 엄마 어깨로 내려앉는 눈은
작년보다 조금 더 시간이 걸렸다
한 해를 막내 면회로 마무리하려는 엄마의
조심스러운 발걸음을 도와
삼십년 전 아버지를 면회 가던 옛 눈길 그대로
성동구치소 겨울을 다시 찾았다
황량했던 벌판이 아파트들로 채워지면서
지하철에서부터 쉽게 찾을 수 있었기 때문일까
흰 솜옷 소매에 두 손을 꽂고 있던 쉰 살
아버지 눈빛이 희뿌연 눈발 아래로 쉽게 떠올랐다
면회 번호를 받고 커피와 농담을 건넸지만
마음 급한 엄마는 순서도 되기 전 대기실을 나섰고
느린 걸음에 맞추어 나란히
면회실 앞 등나무 마른 가지 아래에 섰다
줄어든 엄마는 훨씬 가벼웠다
내려다보이는 엄마의 구부정한 옆모습

흰 눈이 내려앉은 숱 적은 머리카락과 눈썹은
아버지가 출소하던 날 머리카락과 눈썹 그것이었다
성동구치소는 늘 눈이 많았다
엄마를 비켜서서 올려다보던 등나무 가지 위
오래 쌓여있던 눈들이
툭 목소리 굵은 통증으로 떨어지며
눈과 귀로 하얗게 스며들었다

동치미

시월 사랑초 잎 구멍 숨으로
망개 알이 떨어지던 날
아랫목 주발 뚜껑과
다섯 살 젖니가 들썩거렸다

장독대가 그 소리를 다 받아
문풍지를 얇게 흔들어
동치미 사발 속에도 달이 떴다

후후 불면
입 안 가득 검붉은 망개 알은
달을 터트리고
젖니 한 개 빼앗고
마루 끝 어둠 삼킨 할아버지 밑숨을
짧게 끊어 겨울에 묻었다

손 주름

늘 멀리 엄하게만 계시더니
근엄하던 두 볼이 움푹 팬 때문일까
자꾸 먼지만 쌓인다 투정하시더니

삶은 언제나 선택이라지 않느냐
밤을 기다려
미안하구나 무겁냐
밤을 기다려
홀로 오래 하직하시더니

서랍 속 흰 종이에 쌓인
굵은 손 주름만
영정 위 장례비 위에 얹혀 있으니

언덕, 1975년

그대 혹시 우이동에서 비롯한 여름이
정릉 홍천사 언덕길 여섯 달을 오르다
눈빛 시린 겨울에서 끝나던 날을 기억하시는가
눈길 한 번 받기 위해
빨간 기와지붕 그대 창문 밑에 서서
작은 돌을 톡 톡 끊어 던지던 한나절과
길게 휘어진 북악스카이웨이 저녁을 돌아서던
나의 여름과 날들을
하얀 양말 그대 내리막길 뒤를 따를 때
짧게 웃던 입술과 옆얼굴이
눈을 찔러 무릎을 주저앉히던 날을
오래 나처럼 오래 기억하시는가
문득 비닐우산으로 그대 어깨를 씌워주던 날
온통 젖었던 내 어깨와 가슴과
처음 주고받던 몇 마디 떨림과
곱게 손수건으로 편지를 싸던 그대 손끝에

이제 목소리는 접혔으나
겨울 마지막 뒤를 따르던 언덕길
뒤를 돌아보시던 그대 어머니 미소와
붉은 얼굴을 숙여 걷던 그대 등을 바라보며
내내 삭히던 나의 눈빛을 기억하시는가
다시 찾은 빨간 기와지붕 그대 집
바뀐 문패에 붉게 주저앉았던 여섯 달 하늘을

피정

저를 관통하고 물컥 흩어지는 이름들이 남쪽바다 나른한
수면이었거나 가장 아름다운 몸짓이었거나 이젠 어슷썰
기로 가슴에 박힌 낮달 한 개 아닌가요 구름체꽃 두해살
이로 지난 일들을 틔우고 묻으며 어떨 땐 슬몃 지는 동백
처럼 어떨 땐 까치 긴 울음처럼 헤어지고 있어요 밀물과
썰물 때의 감정이 다르듯 비가 오고 바람이 불면 서슴없
이 얼굴빛을 바꿀 수 있어 훨씬 부드러워요 청보라 수국
꽃잎더미로 간직한 마음결을 흔들며 또 성큼 다가올 것들
이 뭔지는 몰라도 다 인연은 아닐 거라 생각해요 헤어지
고 헤어지다가 움큼 쥔 이름들을 멀리 뿌릴 때 그래서 속
눈썹 두 줄이 가늘게 떨릴 때 그래도 전 아름다울 거예요
은어 비늘로 튀는 물빛도 저렇게 작은 새들도 말없이 날
아다니거든요

아버지

후박나무 그늘 옹기 항아리 뚜껑에서
장독대 돌 틈 민들레 하나 노란 위로
툭 빗방울 튀어 내리는 저물녘이었다

낙백한 영혼에서 떠도는 몸으로 살아가며

조성순(시인)

1

마땅한 비상구가 없었다. 질식할 듯 암울한 분위기, 거리의 가로수는 옷을 바꿔 입었으나 마음은 늘 회색으로 우중충했다. 파견 나온 형사가 학생회관에서 오가는 학생들 동태를 살피거나 잘 생긴 부처님 상호가 보이는 다향관 아래 구두 닦는 벤치에 앉아서 교정을 사찰했다. 간간이 누가 잡혀 갔다. 너도 조심하라고 바람이 일러줬다. 그러니 우리는 고향을 잃어버린 실향민이나 진배없었다. 늘 흘러 다녔고 갈 바를 찾지 못하고 여름밤 부유하는 하루살이로 지냈다. 문학을 한다는 것이 사치스럽게 느껴졌고 그렇다고 모진 세월을 감내하고 묵묵히 도서관에 앉아서 미래를 기다리고 있기에는 너무 젊었다.

우리는 퇴계로 오가 후미진 이층집, 바람에 몰려 갈 곳 잃은 가랑잎이었다. 그곳에서 권좌에 앉아 있는 독재자를 안주 삼아 술을 마시고 지나가는 선후배를 불러들여 술추렴을 하거나 아니면 서로 으르렁거리다가 그것도 성에 안 차면 사소한 걸로 옆자리에 있는 사람들과 싸움질을 했다. 항상 정신이 갈 때까지 술을 마셨다. 마시면 속이 부글부글 끓던 일명 카바이트 막걸리를 마시고 뒷간에 가서 토하기가 일쑤요, 급하면 그 자리에 실례도 했다. 말이 이층집이었지 시멘트로 도배를 한 반 지하 공간엔 세월에 퇴락한 검게 그을린 주방이 있고 홀에는 연탄불을 넣고 음식을 데워 먹을 수 있는 둥근 탁자가 몇 개 놓여 있었다. 일층은 여유 공간이 없이 출입구 옆 뒷간을 오른쪽으로 돌아보며 삐걱거리는 짧은 나무 계단을 오르면 예의 이층집에 상자 같은 방이 있었다. 이 방은 술자리 합평회의 성소였다. 술 마시다가 기분 나쁘면 엉겨 레슬링을 했고 운동권과 프락치가 섞여 치고 박고 난투극을 벌이던 곳이었다. 그 곳은 소위 국문과 학생들의 나와바리였다. 타과 학생들은 이 마피아 소굴 같은 곳을 꺼렸고 힘깨나 쓰는 사람들이 오더라도 낭패를 보고 꼬리를 말고 돌아갔다.

술값이 없으면 외상을 달아놓고 갔다. 외상 술값을 제때 갚지 못하고 졸업을 하면 취직을 해서 첫 봉급을 받아서 갚으러 갔다. 많은 사람들이 이 집을 거쳐 갔고 그리고 쌓인 술값을 갚으러 돌아왔다가 후배들에게 한잔 사주고 돌아들 갔다. 가

난했지만 이층집 술값 떼먹은 사람들 소식을 들은 바는 없다.

> 떠도는 몸이라서 사랑마저도/ 내 마음 내 뜻대로 하지 못하
> 고//한없는 괴로움에 가슴 태우며/잊으려 애를 써도 발버둥
> 쳐도//잊을 수 없는 여인 내 마음의 여인//
>
> 못 씻을 상처입고 그대를 두고/ 떠나야 하는 사정 말 못할 사
> 연//한 맺힌 가슴 안고 나는 가지만/이 목숨 지기 전에 다하기
> 전에//잊을 수 없는 여인 내 마음의 여인//
>   － 〈잊을 수 없는 여인〉, 한산도 작사 · 이미자 노래

술자리의 마무리는 애국가 대신에 이 노래로 갈음했다. 어
쩌다 술 마시는 중간에 이 노래를 부르다 보면 길 가던 나이
가 지긋한 분이 술값을 내주고 가곤 했다. 신분을 밝히지도
않고 손을 흔들며 격려하고 갔다. 나중에 술집 사장님이 "오
늘 술값은 너들 선배님이 내고 가셨다."고 낮은 목소리로 알
려주곤 했다.

1970년대 말 1980년대 초 충무로 퇴계로는 어두웠다. 경찰
들과 거리에서 대치하고 화염병이 꽃불을 일으키고 최루탄이
젊은 영혼들의 몸을 갉아먹었다. 신나와 휘발유를 적당히 섞
어 소주병에 담고 두루마리 화장지를 말아 주둥이를 막고 담

뱃불로 불을 붙여 날리며 청춘을 보냈다.

오토바이와 애완견 집들이 늘비한 퇴계로와 충무로 거리는 저자거리 모양 오가는 사람들로 번잡했고 문화적 여유를 누릴 만한 의지처가 마땅히 없었다. 이 거리를 떠돌며 꽁치한 마리 더 주던 진양상가의 호남선을 가든지 비가 오면 냄새가 골목길까지 나와 손짓하며 부르는 충무초등학교 옆 홍탁집 등을 배회했다.

대한극장 맞은편 골목에 즈음한 충무로 파출소나 명동 가는 길목에 있는 중부경찰서에 우리는 무던히도 드나들었다. 술 마시며 싸우다가도 갔고 독재자를 욕했다고 잡혀서 백차에 달려갔다.

2

임승민 시인이 살던 미아리 집에 몇 번 간 적 있다. 판박이 같은 고만고만한 단독 가옥이 모여 있는 동네였다.

한번은 술을 마시고 임승민의 집에 가서 유숙을 하고 나오다가 그가 커버를 씌운 차를 가리키며 아버지 차라고 한 적이 있어 놀란 적이 있었다. 호롱불 밑에서 책을 읽다가 1970년대 초에 전기가 들어오고 손잡이가 있는 전화기를 돌려 교환수를 불러 통화를 하던 두메에서 온 내게 자가용은 다른 세계의 물건이었다.

그의 아버지가 우이동에 수백 평 대지를 구해 놓고 집을 지으려 하는 과정에 임시 거처로 미아리에 살았다는 건 나중에 임 시인에게 들었다. 그 후 그는 신반포 잠원동 아파트에 여러 해 살기도 했으나 어찌된 영문인지 임승민을 떠올리면 미아리 동네가 따라온다.

후박나무 그늘 옹기 항아리 뚜껑에서
장독대 돌 틈 민들레 하나 노란 위로
툭 빗방울 튀어 내리는 저물녘이었다

— 「아버지」 전문

아버지에 대한 회상을 한 이 짧은 시는 많은 생각을 하게 한다. 구체적으로 무엇을 말하려고 하는지 가늠은 되지 않으나 쓸쓸하고 정겨운 풍경이다. 후박나무가 있는 여느 가정집 소박한 뜨락 장독대에 민들레는 하늘거리며 얼굴을 내밀고 있다. 아마 성장기 시인의 집 모습이었을 게다. 어린 그가 연약한 민들레 같은 존재라면 아버지는 민들레에게 반가운 빗방울일 것이다. 그러나 이젠 그의 곁에 부재하는 아버지는 저물녘 시인의 가슴에 문득 떨어져 내리는 빗방울이 되었다.

지나간 시절의 풍광은 시인에게 내면화 되고 그리움이 되었다. 쓸쓸하지만 아름답고 마냥 슬프지만은 않은 이 풍정은 정글 같은 세상을 살아가는 임승민 시인에게 힘이 되기도 했을 거다.

40여 편을 묶는 시집에 유독 아버지에 대한 글이 많다. 그만큼 시인에게 쌓인 게 많다.

벌겋게 스러지는 연탄을 갈아 넣었다
한나절이 식은 재를 들어내고
구멍을 맞추는 집게로 시선들이 모였지만
굳게 닫힌 철문 옆 대기실은
연탄 두 장의 난로로는 너무 추웠다
덮개가 달아오를 때까지 또 한참을
철문을 후려치는 바람만 바라보고 있었다
횅한 벌판 저린 바람만큼이나 높이 엊힌 가시철망들과
담벼락에 웅크린 행상아줌마의 까맣게 튼 손과
면회실 둥근 원으로 뚫린 작은 구멍들 사이
잘있다 다신 오지마라
세 마디로 돌아서던 아버지의 옆모습 뒤로
가끔씩 철문이 열리면
대기실 희미한 유리창 밖에서는
눈길이 마주치면 서둘러 외면했던

기다림의 일행들이 시간과 함께 흩어지고

난로의 온기를 몰아 벌판으로 빠져나가는 저녁이

밤과 추위와 침묵만 남겨 놓은 채

대기실을 다시 기다림으로 채울 즈음

퀭한 눈으로 철문을 나설 아버지의

허연 턱수염이 이 밤눈과 잘 어울릴 것이라 생각하며

저렇게 흔들리는 가지는 눈조차 쌓지 못함을 깨달으며

가시철망 너머에서 저 가지처럼

가는 다리로 펄럭거리고 있을 아버지의

언 두부를 들고

휘몰아치다 흩어져버리는 눈들도 이제는

이 어둠 안으로 내려 쌓이기를 지켜보고 있었다

—「언 두부」전문

글줄을 따라가다 보면 금세 알 게 될 것이다. 세상과 격리되어 있던 아버지를 두부를 들고 기다리는 상황을 그려내고 있다. 전후사정은 물론하고 무거운 분위기 속의 아버지는 시인의 삶 속에 그늘로 앉아 있고, 아버지를 생각하면 언 두부를 들고 기다리던 자신의 모습이 객관화될 것이다. 이제는 이 또한 시인의 내면 풍경 중 하나일 뿐이다.

틀니가 기억 끝에서 삐걱거렸다
목련이 얕은 숨을 헐떡거렸다
아주 작정들을 했다

―「봄 틀니 수제비」 부분

　앞은 중동무이했으나 화사한 봄의 대표적 화신(花信)인 목
련이 망측하게도 틀니나 수제비라니 상상력이 빼어나다는 생
각에 앞서 기괴하면서도 아프다. 이렇듯 시인의 내면은 기하
학적이요 추상화된 그림으로 드러나기도 해서 읽는 이를 자
못 무겁게 한다.

　그해 내 욕지거리는 찬란했다

입술이 스멀거리는 날이면 여지없이 눈을 뒤집고 땅바닥에 꽂
혀 성대 물린 개처럼 컥컥 간질을 시작했다 쌍욕을 날리고 싶
었지만 구더기만 잔뜩 물고 나자빠져 즐거운 곳에서는 흥얼거
리던 봄도 기억 한나절이 잘려나가고 어둑한 병원 침대에 몸통
이 붙었다 맥없이 침만 흘리다가 난 굳게 다짐했다 반드시 쌍
욕을 날리며 자빠지리라

열두 살 대가리 기발한 난 간질을 통제하고 욕지거리에 몰두했

95

다 비밀리에 하나를 완성해냈고 드디어 입술이 스멀거리는 날
재빨리 씹어 날렸다 씨발 즐거운 것들

찬란했다 난

그로부터 세상 모든 즐거운 것들을 향하여 컥컥 신랄하게 발
작해 주었다

— 「즐거운 나의 집」 전문

이 글을 읽으면서 유복한 임승민 시인을 부러워 한 자신을
경솔하다고 생각하게 됐다. 시집 도처에 불탄 자리 모양 생채
기가 드러나 보인다. 그의 유년은 힘들었다. 간질이라니, 내
가 자란 곳에서는 속되게 지랄병이라 했을 만치 무시하고 멀
리했다.

중학교를 다니던 때 잘 생기고 단정한 동급생이 수업 중에
갑자기 입에 거품을 물고 쓰러져 무척 놀란 적이 있었다. 그 일
이 있기 전엔 서로 살갑게 대하며 지냈는데 그 일로 나는 그를
연민의 심정으로 동정하고 한편으로는 그를 멀리하게 됐다.
그의 내면에 다른 무엇이 있다가 불쑥 나타나서 '나, 이런 사람
이야.' 하고 사라진 것 같았다.

요즘에야 약물이나 간단한 시술 등으로 간질은 치료가 잘

되거나 거의 완치가 되는 줄로 안다. 그러나 1970년대 당시 성장기의 화자에게는 간질이 있는 자신이 싫고 그런 자신을 '이상한 나라의 앨리스'로 바라보는 세상 사람들이 무척 미웠을 것이다.

3

초등학교 졸업장까지 곱게 임승민이었다
이을 승 백성 민이 중학교 입학을 앞두고 번쩍
빛날 형 바꿀 태로 바뀌어 버렸다
돌림자도 사라져 영문도 모르고
본적지 잘못을 따라 임형태를 외었다
마흔을 살다가
호적 전산화 하던 해 다시 번쩍
빛날 동 바꿀 태로 바뀐 호적 확인서를 받아들었다
동태 동태 동태
낄낄거리는 아들을 마주하고
서거리깍두기 속 발음도 비슷한 명태 아가미 뒤섞이듯
임승민인 임형태가 임동태를 들여다보다가
본적지가 엉성한 한자로 얹어준 이름과
구청이 오독으로 얹어준 이름을 들여다보다가

무와 명태 아가미가 짓물러 군내 나는 맛으로 엇섞인

별의별 일들이 기가 차 개명신청을 하고

그것도 임승민은 찾지도 못하고

번쩍 얹힌 이름으로 허가를 받았다

임동태로 태어났으나 임형태로 개명했다는

기가 막힌 호적을 만지작거리다

계속 낄낄거리는 아들을 앉혀놓고

삶의 우연성과 폭력성을 힘들게 힘들게 설명하는데

승민아 형태야 동태야 명태야

장난을 걸어오는 눈웃음 네 마디에

비로소 서거리깍두기 별미로 섞여 안고 뒹굴며

자지러지게 웃고 말았다

— 「서거리깍두기」 전문

임승민 시인의 이름 변천사이다. 그는 부모님의 본래 의도
와는 다르게 우연히 찾아온 형태란 이름을 불편하게 여겼고,
만날 때 여러 차례 이름이 바뀌게 된 사연을 설명했다.

사실 이름이 뭐 대수인가. 케빈 코스트너가 만든 영화 〈늑
대와 함께 춤을〉도 인디언 이름이고, 그 영화인지 이문열의 어
떤 소설에 등장하는 이름들에도 '주먹 쥐고 일어 서', '소에 받
친 자'와 같은 이름들이 보인다. 논어나 맹자 등에 나오는 어떤

이름은 그 사람의 일이나 모습을 따와서 붙인 게 보인다. 동양적 세계관에서는 이름이란 집안의 돌림자를 사용하더라도 그 사람이 타고난 부족한 기운을 불러서 채워 준다든가 아니면 부모님이나 주변인들이 이름의 주인공이 이루거나 되기 희망하는 이름으로 지었다.

농민이 농번기에 바빠서 면사무소에 가기 어려울 땐 장에 가는 사람에게 호적에 이름을 올려 달라고 부탁을 했는데 가다가 잊어버리기라도 하면 그 사람이 면사무소 직원에게 부탁하여 급조를 하여 이름을 만들기도 하고, 아니면 전혀 다른 이름으로 변신하기도 했다. 이것은 일부 지역에 국한된 게 아니라 전국적인 현상이었다. 그렇게 우리는 제 이름이 아닌 이름을 가지고 이 땅을 살아가고 있다. 임승민도 임형태로 그렇게 우리에게 왔다가 임승민으로 돌아갔다.

승(承)은 '잇다'는 뜻 외에 '받들다'는 의미도 있다. 민(民)은 백성이니 '승민(承民)'이란 그의 이름을 살펴보면 지금 그의 직업과 매우 긴밀한 듯하다. 어린 학동들이 바로 백성이 아닌가. 어쨌든 그 백성을 잘 받들어 모시고 길을 인도하고 있으니 이름대로 길을 가고 있는 셈이다.

충북 제천 청풍리조트 컨벤션 홀에
사교육 없는 학교 만들기를 분양받기 위해

서울 고딩 방과후 부장들이 우르르 떴다

어떤 학교가 한가해서 사교육을 하겠냐마는

그래서 분양 주제가 수상했지만

시범사례를 듣고 분임별 정보를 교환하고

돌아가 고딩들에게 앞다퉈 분양해야 할

사교육 없는 학교 만들기 우발적 사명을 위해

떴다 방과후들이 진지하게 머리를 맞댔다

솔직히는 진지하게 술잔 머리를 맞댔다

선생 질병이 학생 학부모 만족을 선도한다고

순식간에 결론을 내리고

고딩 선생들의 목숨을 건지기 위해

이 땅의 사교육만은 영원해야 한다며

원샷으로 깔끔하게 마무리했다

사교육 있는 학교 만들기 비밀을 다짐하고

새벽에 누웠으나 몸에 익은 공오시 삼십분

떴다 방과후들이 재빨리 아침을 먹어치운 후

분양거리를 챙겨들고 짐을 싸기 시작했다

지난 밤 결의한 기밀을 가슴에 품고

교육청과 사교육기관의 지속적인 단속을 피해

수백 명의 떴다방들은 신속하게 철수했다

- 「떴다방」 전문

아이들을 백성으로 받들고자 하는 임승민 시인의 연수 후 일담이다. 대한민국은 사교육비 부담으로 천문학적인 경비를 지출한다. 지역에 따라 다르겠지만 고등학교에 입학을 하게 되면 처음에는 교사 눈치를 보며 수업 시간에 학원이나 과외 교사가 내준 숙제를 하지만 3학년이 되면 아예 학원이나 과외 교사가 내준 숙제를 내놓고 하든지 우선이고 학교 수업은 딴전이 되기 십상이다. 과외 공부에 치중하다 보니 학교에 오면 부족한 잠을 채워야 한다. 성장기의 청소년에게 충분한 잠은 필수적이다. 학교나 학원이나 지식을 전하는 내용은 별반 다를 바 없으나 돈을 많이 지불한 것을 우선하다보니 과외 공부에 치중하게 된다.

학교에서는 학교 공부만으로 충분하다고 하지만 학부형은 다른 아이들은 다 하는데 내 아이를 안 시키면 불안하고, 이는 아이 역시 마찬가지다. 사교육 시장이 지속 가능하려면 학교 교육에 대해 수요자들인 학생들에게 신뢰할 수 없다는 불안감을 심어 줘야 한다. 반복하게 되면 미약하던 불안감은 점차 증식되어 수요자의 의식을 지배하게 되고 마침내 학교 공부 시간은 부족한 잠을 채워 주는 시간으로 전락을 한다.

'방과 후'라니 참으로 '눈 가리고 아웅'하는 격이 아닌가. 학교는 수요자들을 사교육 시장에 안 보내려고 방과 후 교육에 열중하라고 교사들을 종용한다. 이미 오래전부터 일그러진

모습으로 지내 왔다. 자율학습이란 가면을 쓰고 강제적인 타율학습 공간을 조성해서 학생들을 몰아 놓고 감독하고 그게 없으면 아이들이 어디서 공부를 할까 걱정한다. '방과 후'는 다른 얼굴의 사교육일 뿐이다. 공교육이란 가면을 쓰고 행하는 허울 좋은 행세일 뿐이다.

사교육 시장은 서울도 강남과 강북이 다르고 지방은 도시와 읍면이 다르다. 돈이 있으면 유명 과외 교사를 구하거나 소수정예학원에 조를 짜서 이름난 학원 선생을 불러 맡긴다. 그나마 소도시나 읍면으로 가면 얼굴 바꾼 사교육 '방과 후' 교육이 강세가 된다.

전체주의 사회가 생각난다. 조지오웰의 『1984』가 떠오른다. 사교육 시장을 줄이기 위해 EBS 교재에서 출제하는 것을 미덕으로 내세우고 교재에서 수능시험에 얼마나 많이 반영했는가를 강조하는 나라니 더 말해 무엇 하랴. 왜 모든 교재를 없애고 유명 강사를 초빙해서 EBS 교재만 강의하고 교실마다 티브이를 설치해서 학생들에게 그것만 보게 하지 않는지 모르겠다. 한국사를 국정화 한다고 한다. 불안한 정부는 조만간 국어도 국정화를 하지 않을까?

40여 편의 시에 학교나 학생들에 대한 시는 거의 없다시피 한다. 어둡지만 그래도 아이들이 희망이요, 등대다. 교사는 주어진 환경 속에서 그들을 위해 고민하고 노력해야 한다. 다음에는 아이들의 모습이 담긴 임승민 시인의 시들을 보고 싶다.

4

이제
너와 나의 경계가
아름다워야 할 이유는 없다

두 눈 먼저 찌르고
빗방울이 닿기 전
모든 꽃들은
제 목을 날려버려야 한다

— 「팽목」 전문

슬프다. 무엇을 말하고 싶은데 목이 멘다. 이 땅에서 어른
된 자는 이제 설 곳이 없다. 수많은 목숨을 수장시켜 놓고 제대
로 된 사과 한마디 하지도 않고 책임지는 사람조차 없다. 분노
만이 허공에서 바람에 잉잉거리는 전깃줄 모양 터질 듯하다.

원더 걸스가 사라졌다
국민 동생 원더 걸스가 사라졌다

관심과 변심의 순발력에 꽂혀

한입 베물어 먹고 휙 던져버린 꼬치 떡볶이

그렇게 되어버렸다

그랬어야 했다

생쥐라도 한 마리씩 물고 춤을 취야 했다

두려움에 얼마간 더 열광했을 것이다

아니면 국민 동생이란 사람 내를 거부하고

오빠나핫걸로 불러 달래야 했다

달콤하게 착 감겨 수십 년을 우려먹다가

가요 무대에 서는 날

슬쩍 국민 동생으로 바꿔야 했다

그랬어야 했다

현란한 군것들은 공격적으로 달달하고 있고

관중들은 뽀얀 허벅지에 맛이 갔는데

내 정직한 원더 걸스 걸스는

텔미 텔미 하소연하다

어머나 하고

소비됐다

* 노무현 대통령이 봉하 마을로 갔다.

　　　　　　　　　　　　　　　－「내 정직한 원더 걸스」 전문

봄날은 가고 나면 그리워진다. 권위적이지 않고 백성들과 소통하고자 하는 지도자가 있었으나 백성들은 여느 지도자와 다른 그를 이상하게 여기고 무게가 없다거나 가볍게 봤다. 연일 처참하고 자존심 상하는 현실을 보면 과거는 더 찬란하다.

참고 표지가 없으면 무엇을 말하는지 잘 모를 것이다. 그러나 표지를 보면 우리의 경박한 행태를 돌아보게 된다. 우리의 마음 속 이상은 높고 현실에서는 그를 용납하지 못하고 따르지 않았다. 그것을 희화화하고 풍자한 시인의 통찰이 놀랍다.

1983년식 흐린 알전구 등 아래에서

올려다볼 것이라곤 제련소 굴뚝뿐이었다

개흙 속 펄 짱뚱어만 뛰던 읍

돌이키면 선착장 눅눅한 바람 속

폐선 위 웅크린 갈매기들이

치켜든 손가락을 향해 몰려들었지만

손가락이 게워낸 흔적들을 찍어 삼키고는

이내 허공에서 멈춰 돌아섰다

말린 박대들만 읍에 주저앉아 말벗을 청했다

처음 본 청보리밭의 너울거림이

읍 비바람만큼 비리다고 중얼거리면

버짐이 앉은 학생들은 날 신기해했고

역 앞 공터에는 본드 봉지가 뒹굴었다

저녁 둑방 잔새우들만큼 마른 삶들이

하루를 감아 등 휘어지던 곳

생선 몇 마리 배를 가르던 늙은이들과

하구 펄을 넘는 바람은

어김없이 구름 갈매기로 튕겨나갔다

하숙집 무기력한 마루와 대문 앞에서 난

색싯집 화려한 간판보다 홀로 사치스러웠다

골목 진창길에 내리꽂던 삿대질과

배추뿌리만한 허영을 잘라내기 위해

뱃속 개흙들을 또 얼마나 게워내야 했는지

눈밭을 기던 외진 항구 뒤에서

— 「장항읍」 전문

임승민 시인이 교직 생활을 처음 시작한 곳이 장항이다. 이 시집의 표제로 올린 것이기도 하니 그에게는 감회가 남다를 것이다. 표제작부터 말을 풀어나가야 할 듯했으나 나는 나중에 하고 싶었다.

이 시에는 순정함이 있고 서정에는 사람 사는 모습이 담겨 있다. 그렇다고 그의 다른 시가 그렇지 않다는 게 아니다. 유년 시절부터 가족사, 교육 현장 등 그의 많은 시들은 대상을 온전

하게 보지 못하고 뒤틀려 있다. 너무 아프고 힘들어서 아픔을 그대로 볼 수 없기 때문에 그랬을까. 그의 시를 읽는 내내 감정이 이입되어 힘들었다. 그런데 장항읍은 어두우나 뭔가 생동하고 있고 화자의 모습이 솔직하게 드러난다.

오래전 대학 때 졸업 작품집에선가 어디선가 그의 글을 보고 신선한 느낌을 받은 적이 있었다. 맑고 쓸쓸하면서도 아름다웠다. 그래서 앞으로 괜찮은 시를 쓸 수 있겠구나 하는 기대도 내심 했다. 또 한 동안은 시를 잊고 사는 게 아닌가 하는 생각도 했다.

이 시집에서 임승민 시인의 시를 읽으면서 대학 시절 잠시 함께한 그를 조금 안다고 한 내가 경박했다는 생각을 하게 됐다. 그와 함께한 시간도 부족했다는 생각이 든다.

나는 임승민 시인이 처음 장항에 갈 때의 낯설고 설레는 마음으로 세상을 보고 세상의 아픔을 어루만지며 울고, 또 즐거움을 함께할 수 있기를 기대한다.

이곳까지 오기 많이 힘들었을 시인에게 어깨를 두드려 주고 싶다. 임승민 시인의 첫 시집 발간을 축하한다.